SOFIA MARTINEZ

El cumpleaños de la abuela

por Jacqueline Jules

ilustraciones de Kim Smith

PICTURE WINDOW BOOKS
a capstone imprint

Publica la serie Sofía Martínez Picture Window Books,
una imprenta de Capstone,
1710 Roe Crest Drive
North Mankato, Minnesota 56003
www.capstonepub.com

Los datos de CIP (Catalogación previa a la publicación,
CIP) de la Biblioteca del Congreso se encuentran
disponibles en el sitio web de la Biblioteca.

Jules, Jacqueline (1956), autora.
El cumpleaños de la abuela/por Jacqueline Jules;
ilustraciones de Kim Smith.
páginas cm. — (Sofía Martínez)

Resumen: Sofía y sus primos están haciendo una piñata
para la fiesta de cumpleaños de su abuela, pero cuando
aparece Bella, la gata, se desata el caos.

ISBN 978-1-5158-2443-5 (encuadernación para biblioteca)
ISBN 978-1-5158-2453-4 (de bolsillo)
ISBN 978-1-5158-2463-3 (libro electrónico)

Diseñadora: Kay Fraser

Impreso en los Estados Unidos de América.
010838S18

CONTENIDO

CAPÍTULO 1

La piñata

Sofía arrastró una gran bolsa por el patio hasta la casa de sus primos. La bolsa tenía todo lo que necesario para hacer una piñata.

—¿Crees de verdad que a la abuela le gustará esto? —preguntó Héctor—. ¿No está muy grande para querer una piñata?

—Nadie es muy grande para tener una fiesta de cumpleaños divertida —opinó Sofía.

Sacó de la bolsa periódicos, globos y pintura. La gata Bella se acercó y trató de meterse en la bolsa.

—¡Gata traviesa! —le dijo Sofía—.

Aquí no hay nada para ti.

—¿Qué hacemos primero, Sofía?

—preguntó Héctor.

—Fácil. Cortamos el papel en

tiras.—respondió Sofía.

Luego, les dio periódicos a

Manuel, Alonso y Héctor.

Entre todos hicieron una gran pila de tiras de papel en el piso de la cocina.

—¡Perfecto! Ahora necesitamos harina y agua para mezclar y preparar el engrudo —explicó Sofía.

—Aquí tienes la harina —dijo Héctor—. Pesa mucho. ¡Ayúdame!

Sofía le dijo que no con la cabeza. Estaba demasiado ocupada inflando un globo para ponerlo en el centro de la piñata.

Héctor comenzó a echar la harina en un tazón.

¡POP! Se reventó el globo de Sofía. Héctor dio un salto y se le cayó toda la bolsa de harina, justo sobre el lomo de Bella.

—¡Ay, no! —dijo.

CAPÍTULO 2

Caos gatuno

Antes de que pudieran

detenerla, Bella pasó corriendo

por la gran pila de tiras de papel

y llenó el piso de harina. También

volaron papelitos por todas partes.

Era todo un desastre.

—¡Atrápenla! —gritó Sofía.

Intentaron atrapar a la gata una y otra vez. Pero, cada vez que se acercaban, se les escapaba en media de una nube de harina.

—Mamá se va a enojar mucho —dijo Alonso.

Tenían que limpiar a Bella antes de que los metiera en problemas.

—¿Dónde están las galletas para gatos? —preguntó Sofía.

Héctor tomó una pequeña bolsa rosada del armario. Se la dio rápidamente a Sofía.

—Ven aquí, Bella —la llamó en voz baja, mientras le mostraba una galleta.

Sofía caminó lentamente hacia el baño. La gata, hambrienta, la siguió hasta allí.

Bella iba dejando sus huellas blancas por todas partes. Pero ese era un problema para resolver después.

—¡Rápido! Cierra la puerta —le dijo Sofía a Héctor.

Sofía llenó la tina de agua. La gata saltó a los brazos de Héctor.

—¿Qué vamos a hacer?
—preguntó Héctor—. A los gatos
no les gusta bañarse.

Sofía tomó un gran cepillo que
había junto al lavabo.

—¿Le gusta esto? —preguntó.

—¡Sí! —respondió Héctor—.

Mamá la cepilla una vez a la

semana.

Los primos se sentaron en el

piso. Por turnos cepillaron a la

gata con suavidad.

Alonso y Manuel golpearon la puerta del baño.

—¡Déjennos entrar!

Todo ese ruido despertó a la tía Carmen de su siesta.

—¿Qué pasa? —gritó desde la cocina.

—Ay, no. Estamos en grandes problemas —dijo Héctor.

CAPÍTULO 3

El gran desorden

Los cuatro niños corrieron hasta la cocina. El piso estaba cubierto de harina, tiras de periódico y huellas de gato. La tía Carmen no se veía feliz. ¡Y aún no había visto el baño!

—¡Qué desastre! —dijó—. ¿Qué han estado haciendo?

Sofía le contó a la tía Carmen

que querían hacer una piñata.

—Es una buena idea, pero la

próxima vez tienen que preguntar

primero —dijo la tía—. Y ahora

tienen que limpiar todo.

Sofía y sus primos limpiaron todo. Cuando terminaron, Sofía le pidió a la tía Carmen más periódicos y harina.

—¿Para qué? —preguntó la tía, algo confundida.

—Para hacer otra piñata para la abuela —explicó Sofía.

La tía se rio.

—De ninguna manera, Sofía.
Harán un otro desastre.

—No, no lo haremos —dijo la
niña—. ¡Lo prometo!

—Realmente queremos que la
abuela tenga una piñata en su
cumpleaños —dijo Alonso—. Por
favor...

—Por favor —repitió Héctor.

La tía Carmen suspiró.

—Está bien. Tomen todo lo que necesiten y salgan al patio —les dijo—. Yo dejaré a Bella adentro.

Esta vez, la tía ayudó a preparar la mezcla del engrudo. No se derramó harina, y pegaron al globo todas las tiras de papel. Ni una sola entró a la casa.

Las hermanas mayores de Sofía, Luisa y Elena, ayudaron a pintar la piñata. Todos se esforzaron mucho para que fuera especial.

—Pongamos dulces adentro — propuso Elena.

—Todas las piñatas llevan dulces —comentó Sofía—. Hagamos algo diferente para la abuela.

—Algo que le guste —sugirió

Héctor—, como jugar a las cartas.

Era verdad. A la abuela le

encantaban los juegos con cartas.

Todos los nietos pasaban horas

en su casa jugando a la "Pesca" y

"Parejas".

—¡Excelente idea! —exclamó

Sofía—. Le va a encantar. Nunca

olvidará esta fiesta.

El día de la fiesta, el tío Miguel

colgó la piñata de la rama de un

árbol. La abuela se tapó los ojos

con una venda y dio el primer

golpe con el palo. Luego todos se

turnaron para hacer lo mismo.

La abuela se rio cuando Sofía

por fin rompió la piñata.

—¡Cartas para jugar! ¡Gracias!

—dijo la abuela—.

Amo esta fiesta.

—Y nosotros te amamos a ti
—dijo Sofía—. ¡Feliz cumpleaños,
abuela!

Exprésate

1. ¿Cuál es tu parte favorita del cuento? ¿Por qué?

2. Sofía y sus primos deberían haber pedido permiso para hacer la piñata. ¿Por qué es importante pedir permiso y seguir las reglas?

3. ¿Crees que el desorden fue culpa de la gata o de Sofía? ¿Por qué?

Escríbelo

1. Escribe un párrafo que describa la fiesta de cumpleaños soñada que te gustaría tener. ¿A quién invitarías? ¿Qué tema le tendría la fiesta? ¿Qué tipo de regalos te gustaría recibir?

2. Sofía ama a su abuela. Escribe un párrafo sobre alguien a quien amas.

3. Elige tres palabras o frases del cuento. Úsalas en tres oraciones.

Sobre la autora

Jacqueline Jules es la premiada autora de veinticinco libros infantiles, algunos de los cuales son *No English* (premio Forward National Literature 2012), *Zapato Power: Freddie Ramos Takes Off* (premio CYBILS Literary, premio Maryland Blue Crab Young Reader Honor y ALSC Great Early Elementary Reads en 2010) y *Freddie Ramos Makes a Splash* (nominado en 2013 en la Lista de los Mejores Libros Infantiles del Año por el Comité del Bank Street College).

Cuando no lee, escribe ni da clases, Jacqueline disfruta de pasar tiempo con su familia en Virginia del Norte.

Sobre la ilustradora

Kim Smith ha trabajado en revistas, publicidad, animación y juegos para niños. Estudió ilustración en la Escuela de Arte y Diseño de Alberta, en Calgary, Alberta.

Kim es la ilustradora de la serie de misterio para nivel escolar medio, que se publicará próximamente, llamada *The Ghost and Max Monroe*, además del libro ilustrado *Over the River and Through the Woods* y la cubierta de la novela de nivel escolar medio, también próxima a publicarse, *How to Make a Million*. Vive en Calgary, Alberta.

Aquí

no termina la DIVERSIÓN...

• Videos y concursos

• Juegos y acertijos

• Amigos y favoritos

• Autores e ilustradores

Descubre más en
www.capstonekids.com

¡Hasta pronto!